COLLECTION FOLIO

Amandine Dhée

La femme brouillon

Gallimard

Amandine Dhée est écrivaine et comédienne. L'émancipation, notre rapport à autrui et à notre environnement de vie sont les thèmes récurrents qui marquent son travail, distingué par le prix Hors Concours pour *La femme brouillon* en 2017.

Son besoin d'exploration des formes l'amène régulièrement sur scène pour partager ses textes lors de lectures musicales ou encore pour y interpréter un rôle dans l'adaptation de ceux destinés au théâtre.

Ce qui vient au monde pour ne rien troubler ne mérite ni égards ni patience.

RENÉ CHAR, *Fureur et Mystère.*

Dois-je faire tinter une cuiller sur mon verre ? Réclamer le silence et l'attention ?

Pas envie d'être au centre des regards, ni de mettre en scène notre bonheur conjugal.

La vérité, c'est que depuis quelques jours, la joie et la terreur se mangent l'une l'autre.

J'ai envie de pousser un cri. Ou de planter ma fourchette dans la main de ma voisine, comme Charlotte Gainsbourg dans *La Petite Voleuse*.

Mais je n'ose pas. Trop polie. Trop bien dressée. Alors je me tortille sur mon siège et balbutie que voilà, je suis enceinte.

On me félicite. Même ceux qui ont des enfants.

Personne ne me lance de regard affolé, ne m'envoie de message anonyme pour que je renonce à ce projet. Est-ce un piège ? Se réjouissent-ils secrètement que je commette la même erreur qu'eux ?

J'ai perdu mes certitudes.

Impossible à deviner quand on les croise dans un parc ou à une fête d'anniversaire. Une famille, ça simule super bien le bonheur. Il faudrait des reporters *embedded* pour savoir vraiment. Être là le matin avant le départ pour l'école, ou les jours d'hiver quand le ciel est bas.

Et moi, fruit de trois générations de mères lamentables, quelles sont mes chances ? J'aurais dû être immunisée contre la maternité. Mais non, il avait fallu que je récidive.

Auprès de mes camarades féministes, j'éprouve un vague sentiment de culpabilité. N'ai-je pas trahi le camp des femmes libres ? Comme si sous un dehors émancipé, je rêvais en secret à un petit bonheur conformiste, des papotages devant l'école, un four pyrolyse, un gentil mari. Comme si lectures et discussions ne m'avaient été d'aucun secours. Je l'ai bien cherché. Hétérosexuelle et monogame, je faisais partie des populations à risques, vite rattrapées par le discours pro-maternité. Les femmes intelligentes sont lesbiennes, c'est bien connu.

En tout cas, pour l'annonce, j'avais tort de m'inquiéter. Le plus souvent, mon brutal sevrage de tabac et la désinvolture avec laquelle je commande un jus de fruits à l'heure de l'apéro éveillent les soupçons. Regards appuyés, lourds sous-entendus… On m'extorque des aveux. Expérience intime, tu parles.

Au fond, je n'y avais pas cru, à ces histoires de spermatozoïdes, de gamètes et d'ovulation. C'était bon pour les autres, ça. Chez moi, quelque chose clocherait forcément, un truc invisible à l'œil nu m'empêcherait de me reproduire, moi, la femme brouillon.

Mais finalement je fonctionne. C'est formidable. C'est terrible.

J'ai songé à avorter, à reprendre la main. L'IVG sert à celles qui ne veulent pas d'enfant, mais aussi aux bousculées comme moi, qui ont besoin de choisir une deuxième fois.

Face au miroir de la salle de bains, je traque les premiers signes. Rien ne se voit, encore. Le monde bascule, et rien ne se voit. Mais mon corps existe déjà un peu trop. Il s'essouffle, m'impose des siestes comme à une vieille dame ou un enfant. Il sait quelque chose que j'ignore.

Je lui obéis. J'ai si peur de rater le bébé. De tomber sur le ventre, d'avaler quelque chose d'interdit. Que mes doutes viennent gripper sa belle mécanique.

Pourquoi, sous prétexte que j'ai un utérus, dois-je porter une telle responsabilité ? Le père du bébé aurait fait une bien meilleure mère. Son instinct de sacrifice est plus développé, et c'est toujours lui qui fait les crêpes.

Je cherche du secours dans les livres. J'achète un Larousse, rien de moins. Très exactement, le *Larousse des futures mamans*, entendu que la maternité est l'affaire exclusive des femmes. Sur la couverture, un homme embrasse le ventre rond de sa compagne, un poupon blond suçote un sein, une femme vêtue de blanc immaculé exécute une posture de yoga. Tous ont la peau rose clair, baignée de lumière.

Mon échelle de valeurs évolue. Si jusque-là, j'ai vaillamment lutté contre toute forme d'injustice, mes ennemis sont désormais le lait cru et les crustacés. Larousse a été formel sur ce point.

Moi qui dénonçais les stratégies marketing qui surfent sur nos angoisses, voilà que j'achète des gélules contribuant au développement cérébral du fœtus. On ne sait jamais.

Je ne consomme plus la moindre substance illicite, je mange équilibré.

Bref, je deviens pure, comme toutes les mères.

L'employé de la mutuelle s'étonne que je ne connaisse pas la durée du congé auquel j'ai droit, comme si ma vie n'avait été qu'une longue préparation à la maternité. S'imagine-t-il que les femmes se retrouvent dans des grottes à la nuit tombée pour échanger ces informations ? Croit-il que ce soit naturel pour moi ?

Il y a toujours un moment où on rappelle à une femme le sens profond de son existence : procréer. Toujours un ami, une tante, un dentiste pour lui rappeler qu'elle n'a pas *encore* d'enfant. Et la voilà sommée de se justifier. Soupçonnée de souffrir secrètement d'une carence de maternité ou de transférer son amour maternel sur un chat.

Lasse de cette pression, une jeune femme a publié sur les réseaux sociaux une échographie piochée sur internet, accompagnée du message « My reproductive plans are none of your business ». Elle a reçu des milliers de soutiens.

Moi, personne ne me demande pourquoi je fais un enfant. Non seulement la maternité me range inéluctablement dans le camp des femmes, mais en plus, on me refile la panoplie de désirs qui va avec.

C'est vrai que j'étais bien partie. Petite fille, j'ai longtemps joué avec un nouveau-né en plastique et sa petite baignoire jaune. Les femmes étaient des mamans, c'était simple. Mais j'ai trop vu ma propre mère dégringoler. Une fois sortie de l'enfance trouée, hors de question de me reproduire.

La moindre des politesses quand on met un enfant au monde, c'est de lui fournir un kit de survie. Un récit édifiant, des valeurs, une morale, des repères. Ce n'est pourtant pas compliqué. Des repères.

Les dizaines de faire-part punaisés au mur indiquent la fiabilité de l'entreprise. À grand renfort de photomontage, le bonheur familial s'étale. Certains parents ont osé le magnet, et font du nouveau-né un objet dérivé à coller sur le frigo. À l'entrée, des brochures pour les femmes comme moi qui ne savent pas changer un bébé, laver un bébé, donner le sein à un bébé.

Le bruit des voitures en sourdine, des poufs et des tapis. Du mou, du doux, du pastel.

Au milieu de cette guimauve, où dire la violence d'être habitée par un autre ? Suis-je la seule à penser à *Alien* ?

Derrière son bureau, la sage-femme feuillette mon dossier médical. Elle n'est pas satisfaite. Me reproche de ne pas avoir fait les photocopies nécessaires, indique l'urgence d'un rendez-vous, me reprend sur la façon dont je calcule ma grossesse. Je griffonne les informations qu'elle me donne, la fais répéter, m'embrouille. J'aimerais lui dire que d'habitude, je ne suis pas comme ça. Que je suis forte, que j'ai de l'humour. Que je vais faire des efforts, si seulement elle pouvait parler plus lentement. Je ne suis pas douée en maternité, voilà tout, comme d'autres sont nuls aux échecs ou au tennis.

Elle reprend, avec dans la voix cette pointe d'impatience qu'on réserve aux enfants peu dégourdis.

Le pouvoir est une question de rythme.

Comme toutes les femmes, je connais les regards qui évaluent, les mains qui s'autorisent, les sifflets dans la rue. Je sais les corps à vendre et les récits de viol de femmes que j'aime. Nous sommes toujours à portée de mains et de mots.

Ici, j'aurais voulu que mon corps m'appartienne.

Je connais des femmes qui se retrouvent en dehors de tout cabinet médical pour se transmettre des informations, se réapproprier des savoirs, se sentir à la hauteur de leur propre expérience. Que leur corps ne soit plus une affaire de spécialistes. Peut-être que ça prête à rire, des femmes qui examinent leur vagin à l'aide d'un petit miroir. Peut-être aussi que la révolution commence là.

Je réalise soudain l'inanité des propos que l'on me tenait, enfant. Papa met la graine dans le ventre de maman. Maman-récipient.

La femme m'allonge sur la table d'examen, pose un stéthoscope sur mon ventre, cherche les battements de cœur du bébé. Boum, boum, boum.

Les pulsations résonnent dans la pièce, ultra rapides. C'est toujours un moment émouvant, dit-elle.

Je me photographie, à la fois reporter et événement. Capturer ce qui se trame, chercher le bon angle, la bonne lumière. Je voudrais que l'image soit belle.

J'écris avec l'esprit encombré et la poignée du tiroir qui cogne mon ventre. Depuis les recherches sur la grossesse, mon écran d'ordinateur est envahi de spams guigoz ou vertbaudet.

Hors de question que je couve en silence. J'enfile des vêtements qui acceptent la furieuse poussée du ventre et épousent ses lignes étranges. Malgré la fatigue, je ne refuse aucune proposition de travail.

La première fois que je me suis

emparée d'un micro, un espace s'est ouvert. Un endroit où me dire sans perdre les autres. Une fréquence possible. Beaucoup d'hommes, sur scène. Lorsque venait mon tour de prendre la parole, l'animateur de la soirée annonçait Une petite touche de féminité. J'ai vu beaucoup de femmes écrire, puis refuser le micro tendu, et s'éloigner de la lumière.

Lors d'une réunion familiale, un cousin propose d'échanger ma place avec la sienne. Comme ça, vous pourrez parler de bébés, dit-il en désignant sa compagne qui nourrit leur fille sur une chaise haute. En quelques mots, il dresse d'invisibles frontières, celles qui désignent la place des femmes et ce dont elles sont autorisées à parler. Est-ce que j'ai fait tout ce chemin pour ça ? Discuter poupons entre femmes pendant que les hommes picolent à côté ? Je lui en veux à lui, et elle, je la méprise. Je voudrais qu'elle se rebelle, lui jette son mouliné de poireaux à la gueule. A-t-elle vu *La Petite Voleuse* ? Mon repas est gâché.

Le pire, c'est que ça m'aurait plu de parler de maternité.

Mon ventre bascule dans le domaine public.

On s'autorise des gestes déplacés en temps normal, on touche mon ventre comme un gris-gris, le dos du bossu, la tête du singe. Moult commentaires, il est petit, rond, carré, vers l'avant, non, vers l'arrière. Plutôt que de ringardes félicitations, beaucoup me gratifient de traits d'esprit sur mon soudain embonpoint, si bien qu'on me répète à longueur de journée que, dis donc, j'ai sacrément grossi. Je fais preuve à leur égard d'une patience toute maternelle.

À la piscine le maître-nageur s'avance pour corriger mes mouvements, des jeunes filles m'interpellent sous les douches, des inconnus me félicitent. Les parents improvisent une leçon de choses, rappellent à leurs enfants qu'ils viennent eux aussi d'un ventre, ce qui me vaut des regards soupçonneux de ces derniers.

Belle occasion aussi, d'exercer ses pouvoirs divinatoires à peu de frais, d'ouvrir la boîte à fantasmes. Il sera musicien, affirme quelqu'un. Les sorciers amateurs ont une éthique, ils ne prédisent jamais un enfant toxicomane ou monomaniaque.

La sollicitude de mes concitoyens est cependant à géométrie variable. On prend soin de moi le dimanche matin, quand l'ambiance est au soleil et aux petits chèvres frais. En fin de journée dans les magasins, mon ventre s'estompe. Dans une file d'attente, une femme refuse de me laisser la priorité, elle aussi a des enfants, qu'est-ce que j'imagine ?

Dans le métro, malgré mon nouveau statut de personne à mobilité réduite, les regards glissent parfois sur mon ventre sans que personne ne me cède sa place. Je m'arrange pour ressembler le plus possible au pictogramme à mon image : ventre-ballon en avant, mains sur les reins. Quelqu'un finit toujours par se lever, scandalisé que personne ne l'ait fait avant lui.

Je tente des démarches d'auto-affirmation. La première fois que j'ose demander à un jeune homme de me céder sa place, il me répond qu'il est lui-même handicapé et je repars piteusement. Un autre s'agace, Pourquoi toujours nous, les jeunes ? Battle de faibles.

Dans la rue, les hommes s'écartent sur mon passage, plus personne ne me demande mon 06 ni ne me traite de pute. Je suis devenue respectable. Évidemment, ça a un prix. Si je m'avisais d'allumer une cigarette ou d'ouvrir une canette de bière, les regards me piétineraient. La société surveille ses mères de famille. Combien de mères clopeuses doivent se cacher pour fumer ? Que n'importe qui se sente autorisé à faire la morale à une femme enceinte, ça me rend dingue. Et quand une ancienne actrice porno annonce sa grossesse au grand public, elle reçoit des menaces de mort.

Nous calons nos corps difformes à grand renfort de coussins à billes. La sage-femme manipule un poupon grisâtre à travers une hanche en plastique. Nous perçons le mystère.

Pour des raisons de compatibilité d'agenda, je commence directement par la séance 3, à savoir, l'expulsion. Pinces, forceps, ventouse. La sage-femme brandit une moyenâgeuse cuiller en bois : la spatule.

L'essentiel, nous dit-elle, c'est d'être open. Il est interdit de prononcer le mot douleur. On parlera de sensations intenses lors de l'accouchement. Si vraiment on morfle, de sensations déroutantes.

Avez-vous remarqué que votre humeur était changeante et que vous pleuriez pour un rien ? lance la sage-femme. C'était déjà comme ça avant d'être enceinte, dis-je. Dix paires d'yeux me dévisagent.

On s'exerce à respirer, baleines dociles. La sage-femme passe de l'une à l'autre, nous félicite. Elle distribue des feuillets qui reprennent les différentes postures de l'accouchement. On promet de s'entraîner à la maison.

La seule chose qui réunit les femmes présentes, c'est l'imminence de l'accouchement. Cette sidération collective. La sage-femme fait face à un auditoire exceptionnel. Nous sommes suspendues à ses lèvres. Elle maîtrise son discours et ménage ses effets.

Devant chacune de nous, un papier indique notre prénom et le chiffre qui correspond au nombre d'enfants qu'on a eus.

Marion 2 fait figure d'héroïne.

Ce connard de Larousse a menti, ce n'est pas vrai que la maternité rapproche mère et fille.

Au lieu de grandir, je redeviens petite. J'ai de nouveau la mère qui flanche. Des années plus tard, je continue de la ramasser sur le sol, à appeler des secours qui déboulent à la maison et prennent avec elle ce ton si particulier, presque cordial, Alors madame, qu'est-ce qui vous arrive ? Jamais étonnés, à croire que le monde pullule de mères effondrées. J'attendais qu'ils l'emportent. Puis, je retournais en cours l'air de rien, je rigolais avec mes copines et tombais amoureuse du prof de français. Pas malheureuse, il suffisait de faire le tri, et j'étais la championne de la cloison. J'abritais ma petite faillite et ne m'empêchais pas de grandir.

Je croyais avoir tourné la page. Si heureuse de ce tour de passe-passe qui transformait ma mère en inoffensive grand-mère et me débarrassait de l'enfance une bonne fois pour toutes.

Et voilà que je rêve de tisanes, de discussions feutrées, d'une mère qui m'achète des layettes, ressorte les albums photos et m'assomme de recommandations.

Je sens du vide derrière moi. Comment moi mère ?

Je m'en cherche partout, m'empare des femmes que j'aime et me fabrique des mères de secours.

J'angoisse façon poupées russes. J'angoisse et j'angoisse que le bébé ressente mon angoisse…

Et toujours les étonnants résultats d'une équipe de chercheurs américains qui affirment que *in utero*, le fœtus ressent tout.

La nature a visiblement paré au plus urgent, la tête est énorme et les pieds minuscules.

L'homme promène son capteur sur mon ventre, prend des mesures. Silence tendu. Ai-je bien pensé à fermer la cavité abdominale de mon bébé ? C'est très délétère les mères qui vont mal, m'avait dit un médecin. Et j'avais éclaté de rire tant ce mot me terrifiait.

La froideur du spécialiste prévient tout débordement émotionnel de notre part. Sans doute une façon de se protéger quand on effectue une dizaine d'échographies par jour.

Tout est rigoureusement normal,

finit-il par déclarer. Normal, que j'aime ce mot, soudain.

Je me tourne vers le père. Il me semble que c'est le moment d'échanger un sourire attendri. Mais son regard est fixé sur l'écran. « Chez la plupart des hommes, le désir d'enfant est initialement peu explicite », m'a expliqué Larousse. C'était donc ça. Je n'ai jamais vraiment su quoi faire de mon propre père. Jamais disparu, mais toujours loin. Comme si ma vie était trop petite pour l'intéresser.

Mais pour le bébé, j'ai choisi un père de compétition. Pas un père qu'il faut mériter, mais un à portée de main. Et surtout qui tienne la route au cas où je dérape, des fois que j'aurais l'effondrement dans le sang.

Chaque soir, il pose une main sur mon ventre et traduit en messages les coups sourds qu'il reçoit. Il suit son parcours dans les livres et l'encourage à se fabriquer. Je ne sais pas si le bébé l'entend, mais moi si. Nous sommes possibles.

La visite se termine. On repart avec une photo du bébé, il a l'air chez lui dans mon ventre. Je n'en reviens toujours pas d'être capable de vie.

Nous n'avons pas souhaité connaître le sexe. C'est le premier cadeau que nous lui offrons, un sursis de genre.

Dans les cimetières, les génériques de film, les personnages de roman, on attend qu'un prénom nous fasse signe, que le destin s'en mêle.

Un qui sonne bien, qui colle avec nos noms de famille, qui rende notre enfant beau et heureux. Les prénoms des anciens camarades qu'on n'aimait pas sont éliminés, au même titre que ceux qu'on aimait trop. Nous devenons légèrement irrationnels. Nous rencontrons un type adorable lors d'un déménagement et son prénom se retrouve en tête de liste. On emprunte un livre des prénoms, déjà corné et marqué de petites croix au crayon gris. À chaque prénom est attribué un caractère, des centaines d'enfants potentiels défilent sous nos yeux. Prudemment, nous écartons les personnalités qui nous déplaisent.

Une chose est sûre, à l'état civil, il portera nos deux noms de famille. Pas envie d'abandonner le mien. Au moment de déclarer mes heures de travail en ligne, je coche la case « vous êtes en congé maternité ». J'avais hâte de voir ce qui se passerait. Je m'attendais à une animation comme lorsque je réussissais à passer au niveau supérieur dans les jeux vidéo de mon enfance. Un feu d'artifice pixélisé, un bouchon de champagne qui saute. Mais le site déclare qu'il n'est plus responsable de mon cas et que je dois contacter la sécurité sociale au plus vite.

Les institutions françaises m'ont toujours déçue.

Statue primitive en maillot deux pièces, on me décrète magnifique.

On me pose face à une belle vue, je flotte dans l'eau, je tends vers le végétal. Telle une divinité, on me sert et m'exempte des tâches bassement humaines. Mon corps a perdu sa fluidité, mes hanches n'ondulent plus. Le principal challenge de la journée consiste à couper mes ongles de pieds. Pendant l'amour, on s'éloigne des mouvements frénétiques pour jouir chacun notre tour.

Je suis fière de mon énormité, comme si elle relevait d'un quelconque mérite de ma part.

Mon ventre monstrueux échappe à

tout diktat, tellement au-delà du bourrelet disgracieux.

Comme toutes les femmes, j'ai appris à me méfier de mon corps dès le plus jeune âge. À treize ans, sous la lumière froide du néon de la salle de bains, j'ai compris qu'il ne convenait pas. Pas le corps des magazines, des séries télé, des affiches en quatre par trois que je croisais dans la rue, des femmes qui méritent d'être aimées. Depuis, il a fallu le surveiller, le circonscrire.

Mais pour une fois, je n'ai rien à assumer de ce corps-là. Je suis hors compétition, c'est reposant.

J'ai parfois des éclairs de lucidité. Certaines photos m'épouvantent. Sur l'une d'elles, je me suis emparée au dernier moment d'un animal gonflable et le parallèle entre lui et moi est saisissant.

Vais-je exploser ?

Le projet, c'est attendre. Sur le sèche-linge, d'irréelles layettes ont fait leur apparition.

Je suis si pleine que la solitude n'existe plus. Seule une fine pellicule de peau nous sépare du bébé-hypothèse. Certaines femmes savent distinguer le dos, les genoux, les fesses. Moi je n'en ai pas la moindre idée.

J'ai peur de ne pas sentir les premières contractions. Peur absurde qui fait sourire tout le monde, sauf les femmes enceintes.

On avait promis de ne pas se précipiter. De faire comme d'habitude. Ils jouaient bien du violon pendant le naufrage du *Titanic*.

Nous nous précipitons.

Juste avant d'entrer, nous nous prenons en photo devant le bâtiment de l'hôpital, comme des touristes devant la tour Eiffel. Un souvenir d'avant l'événement.

Ça commence à faire mal. Il est communément établi que nous, les femmes, endurons une souffrance que les hommes ne connaîtront jamais. Voilà un trophée que j'aurais aimé ne pas brandir.

Jusque-là, l'accouchement sans péridurale m'a paru stupide. Un héroïsme déplacé, un truc catho de mère sacrificielle. Mais j'ai peur qu'on me rende docile à coups de chimie.

J'essaie de me souvenir des croquis distribués pendant les cours de préparation. C'est flou. J'aurais dû faire des antisèches, comme au collège.

Qu'est-ce que je sais de la douleur ? Je dresse un inventaire. La plus terrible de mes douleurs, c'est le jour où je me suis coincé le doigt dans la porte métallique de mon immeuble. Viennent ensuite toutes les fois où l'orthodontiste resserrait les fils de mon appareil dentaire. Enfin, les points de suture au coude après un rock complètement ivre. Combien ça vaut de doigts coincés, un accouchement ?

Nous marchons sur les plates-bandes qui entourent l'hôpital. À chaque contraction, je prends appui sur ma sœur, et le père exerce une pression sur mes reins. Nous répétons ce curieux ballet des dizaines de fois.

Entre deux contractions, nous parlons. Discussions anodines, comme toujours à l'approche d'un miracle ou d'une catastrophe. La météo, la chambre pour moi toute seule, le coût des sandwichs à l'entrée. On se rassure du bruit de nos voix. On croise des gens, les fumeurs de clopes à l'entrée.

La pauvre, dit quelqu'un sur mon passage.

Je m'applique à respirer. Il paraît que si on résiste, ça fait encore plus mal. Il faut prendre la vague de la douleur, avait dit la sage-femme avec lyrisme.

Ici, le temps s'écoule en doigts et en centimètres.

Quelqu'un pose deux bandes élastiques sur mon ventre pour contrôler mes contractions et le rythme cardiaque du bébé. Il ne faut pas bouger malgré la douleur, et comme le ventre est rond n'est-ce pas, la bande glisse souvent et il faut tout recommencer. Ce détail me met en colère. Pourquoi personne n'a inventé un moyen de faire tenir cette foutue bande élastique ? Si les hommes accouchaient, on aurait trouvé une astuce depuis longtemps.

Après, la douleur ne me permet plus d'avoir un point de vue féministe sur la question.

Je souffle. Mon compagnon exerce pour la millième fois une pression sur mes reins et me donne une dose d'homéopathie.

À travers les persiennes de la fenêtre, je vois la pénombre s'éclaircir, passer du noir au violet, puis au bleu. Seul repère du temps qui passe. En fond sonore, les battements de cœur du bébé, volume poussé fort pour l'entendre du couloir. À chaque contraction, le rythme ralentit.

Putain que ça fait mal.

Ma peau s'épaissit, une crête me pousse au sommet du crâne, une femme-lézard apparaît.

La femme-lézard ne parle pas, elle grogne. Elle n'a ni pudeur ni dignité. Elle veut que le bébé sorte de son ventre. Elle n'a pas peur de chier. Toutes les femmes chient en accouchant, mais il ne faut pas le dire. Est-ce pour protéger la mère, l'enfant, ou la société qui rêve d'un accouchement propre ?

Le travail n'avance plus. Je suis incapable de parler. Terrible, ce langage qui s'absente.

Tout à coup, la peur me submerge. J'ai besoin qu'on me soulage.

Les lumières se rallument, on éteint la musique, trois soignantes entrent en plaisantant. Sous l'effet de la péridurale, ma bouche s'engourdit et prend un goût métallique. Un picotement envahit tout mon corps. Pendant plusieurs secondes, je suis incapable de bouger. La douleur disparaît. Je suis de nouveau capable de parler, c'est un immense réconfort. Nous sommes hébétés de fatigue et d'excitation.

La sage-femme a fini son service. À notre grande surprise, elle nous quitte sans même attendre l'issue de l'accouchement. Qu'elle puisse elle-même retrouver sa vie ou ses propres enfants ne nous effleure pas.

Ensuite, on met mes jambes dans un étrier.

Poussez, encore, c'est bien, allez-y, maintenant, poussez, c'est bien, encore, maintenant, allez-y, je vois la tête, c'est bien, poussez, stop, respirez, encore, poussez, vous y êtes presque.

Toujours en fond sonore, les battements cardiaques du bébé.

Le père s'adresse directement à lui, l'encourage.

Cris, soubresauts. De mon corps sort un corps.

Je l'attrape, aperçois une paire de testicules, le pose contre ma poitrine.

Là.

Il est à moi, jubile la femme-lézard. Il a tout. Des yeux, des oreilles, des mains, des doigts de pied. Au sommet du crâne, une touffe de cheveux mêlée à mon propre sang. C'est le plus beau de la maternité, les soignantes doivent en parler en salle de pause.

Je renifle le corps du bébé, je caresse du bout des doigts le corps du bébé.

Il ne se passe rien d'autre que nous. Ici, l'équipe médicale adopte une attitude révolutionnaire : elle n'intervient pas pendant deux heures. Une sage-femme abrège la séance, Ça a duré un peu trop longtemps, dit-elle. Et je comprends que le caprice d'une femme qui demande la péridurale en dernière minute les agace. Il faudrait savoir, hein.

Nous repartons vers notre chambre, traversons l'alignement des portes dans les couloirs colorés. Le temps d'un entrebâillement, j'entends le son d'une télévision, la voix des visiteurs. J'aperçois un corps de femme allongé sur le lit, et un autre dans le berceau de plexiglas.

Les murs du couloir sont couverts de personnages de dessins animés maladroitement exécutés. Certaines cultures recommandent d'entourer le nouveau-né de belles choses. Dans notre cas, il aura vu Donald frappé de dysmorphie et sa mère dans la robe de chambre jaune à fleurs de l'hôpital.

On se rattrapera.

Cette fois, c'est l'heure des premiers soins. La soignante prend le bébé de mes bras.

Il hurle, le père s'approche. Avec vous aussi, il aurait crié, lui lance-t-elle. C'est sa mère qu'il veut.

Mes seins sont sommés de produire du lait. Ça aussi, ça devait être naturel. Des millions de femmes l'ont fait avant moi, n'importe quelle chamelle saurait le faire. Nourrir. Aucune brochure ne vient à mon secours. Même pour dégrafer le soutien-gorge d'allaitement, j'ai besoin d'aide.

Avec son terrible regard de nouveau-né, le bébé me juge. Il ne va pas m'aimer. Quand il pleure, je me fissure. Je ne supporte pas d'être seule avec lui, avec mon manque.

Mes seins sont pressés et malaxés par des mains expertes. Jusque-là, j'ai toujours traité mes seins avec beaucoup de délicatesse, je leur dois mes premiers émois sexuels. Maintenant je leur en veux de lambiner de la sorte. Surtout au sein droit, qui ne fait aucun effort.

Me voilà dénoncée par mon propre corps. Moi, la demi-mère.

C'est psychologique, déclare l'auxiliaire de puériculture, c'est psychologique, déclare la sage-femme, c'est psychologique, déclare la pédiatre. Fières de faire état de leurs connaissances en ce domaine, elles se promènent dans mon inconscient comme dans un jardin public.

N'intellectualisez pas trop, insiste la puéricultrice. Mon cerveau est devenu un ennemi, un truc encombrant qui m'empêche d'accéder à ma nature profonde. Le recours aux livres et aux idées est désormais obsolète. La femme-lézard triomphe.

C'est des conneries, me dit une amie. Une régression, cette histoire d'allaitement.

Les deux seins coincés dans une trayeuse pour femme, j'ai l'esprit critique au vestiaire. J'ai perdu mes repères, et l'humour qui tient debout.

C'est trop d'un coup, cette vie. Ça m'engourdit.

En attendant, le père nourrit le bébé grâce à une petite seringue, comme il l'a déjà fait avec des chevreaux. Peut-être que lui aussi se demande ce qu'il va faire de moi. Une soignante propose de poser des feuilles de chou sur mes seins, pour décongestionner. Pourquoi pas, au point où on en est, autant viser l'humiliation totale.

Elle se tourne vers le père. Vous êtes d'accord, monsieur ?

J'aurais voulu faire l'amour. Retrouver mon corps, ou plutôt l'oublier.

Mais il est trop tôt. Les soignantes appuient sur mon utérus pour vérifier qu'il dégonfle et vérifient que ce qu'elles nomment sobrement des « éraflures » cicatrise bien. Je suis à moitié nue la plupart du temps. À quoi bon la pudeur ? J'ai trop de corps, j'en ai perdu les contours. Que les autres s'en chargent. Comme indiqué sur la liste de la maternité, j'ai emporté une dizaine de slips en coton. Noir, était-il précisé. S'agirait-il de culottes de deuil ? Ou d'une question de décence, comme dans ces publicités où le sang des femmes demeure mystérieusement bleu ?

C'est avec le bébé qu'on m'invite à dormir. Sans le père, qui pourrait l'écraser dans son sommeil. Sans couverture qui pourrait l'étouffer. Et surtout pas sur le ventre. Nous sommes tétanisés par les messages de prévention. Dans ce monde nouveau, où le moindre oreiller se révèle une arme létale, nous nous soumettons.

Nous recevons un carnet de bord. Sur la couverture, on peut lire « Je m'appelle… » (remplir les pointillés). Par un étrange procédé, le « Je » de la brochure est celui du nouveau-né, son premier cahier de doléances. Les mots sont doublés d'une illustration. Ça débute par « Maman, notre aventure commence » (dessin de fleurs). Il faut préciser le nombre de millilitres avalés par le narrateur (dessin de biberon). Même la nuit (dessin de lune), écrasés de fatigue, il faut retrouver le stylo qui n'est jamais à côté du carnet. Les chiffres débordent de la mise en page proprette, révélant notre incapacité à rentrer dans les cases.

Et moi qui avais emporté le dernier *Courrier international.*

Pour les premiers visiteurs, je me fais Vierge à l'Enfant. Le bébé pendu à mon sein, le visage las et heureux. Je me vérifie dans les yeux des autres. Est-ce qu'ils y croient ?

Ensuite, le bébé pleure, l'illusion est rompue. Je ramasse au sol ma dépouille de Mère.

Si nous ne répondons pas à ses appels, il rassemble toute l'énergie dont il est capable, et pleure. Un pleur qui date de la nuit des temps, un pleur de bébé des cavernes, qui s'adresse à la femme-lézard. *Prends-moi.* Sa vulnérabilité nous transperce jusqu'aux os. Paupières gonflées, peau marbrée, marques rouges sur le corps, il a l'air d'un boxeur en fin de match. On s'inquiète de sa mécanique fragile, du canal lacrymal bouché, des intestins tordus, des embardées du cœur.

Personne n'a prévenu le bébé pour l'alternance des jours et des nuits. Bien au-delà de ces mesquines conventions, il possède son propre rapport au temps. La course des astres s'arrête à notre porte, et au beau milieu de la nuit, le bébé est ravi de rencontrer ses parents.

Quand il dort enfin, on se réveille quand même pour guetter le bruit de sa respiration. Et comme on doute encore, on s'approche pour voir le ventre se soulever.

Les pleurs des autres chambres me parviennent, j'ai envie de consoler tous les nouveau-nés un par un, telle une mère géante, ou cette religieuse indienne qui parcourt le monde pour offrir des câlins.

Le rythme de la maternité me fait violence. Notre endroit n'est jamais clos.

Toujours la porte qui s'ouvre, toujours des questions et des soins urgents. Les soignantes parlent trop fort et leurs mains sont glacées. La femme-lézard voudrait mordre ces intruses, refuse d'admettre qu'elle a besoin d'elles. Au coin nursery, je ravale mes larmes face au schéma en six étapes pour le bain du bébé.

Un photographe frappe à la porte, il souhaite immortaliser ce moment unique. Il veut que le nouveau-né prenne la pose. Il sait à quoi le bonheur ressemble. Estime-t-il que nous ne sommes pas suffisamment beaux comme ça ? C'est le seul que nous osions envoyer paître.

Départ de la maternité, sensation persistante de kidnapping.

J'ai oublié de prévoir des vêtements pour la sortie. Pas réussi à me projeter jusque-là en préparant ma valise. À peine rentrés à la maison, nous nous entassons de nouveau dans une seule pièce. Pendant plusieurs jours, je ne suis ni assise, ni couchée. Un corps-coussin pour mon enfant.

Nous continuons à noter ce qu'il ingère alors que plus personne ne nous surveille. Pour nous sentir de bons parents et brandir le carnet en cas de problème.

La menace s'appelle mort subite du nourrisson. Les mots s'entrechoquent, mort subite, mort subie. Pensée impossible à négocier, la mort du bébé. Un tour de magie à l'envers.

Pour toujours, nous sommes suspendus à cette vie qui hésite. Une vie qui grimpera aux arbres, qui traversera la rue, attrapera des maladies, réclamera une mobylette, ira en boîte de nuit, et se cognera au réel. Je voudrais tout interdire, mettre le bébé sous cloche. Qu'il reste toujours près de moi, sa maman-coussin.

J'ai des attaques de réalité. Comme si cette naissance me liait définitivement au destin de l'humanité. Et au chagrin commun. Je suis hantée par des images d'exode, de migrations, de camps, où des mères déambulent folles de douleur, un bébé crevé dans les bras.

Ce n'est pourtant pas le moment de laisser le malheur s'infiltrer, pas le moment de prendre l'eau.

Il faut être solide, protéger.

Je comprends mieux les rituels, pendules, prières, voyantes, formules sacrées, marabouts, sacrifices, cercles magiques, baptêmes, fumigations et amulettes. Tout est bon pour faire déguerpir la mort.

Je conjure le mauvais sort avec des gestes absurdes. Il y a des mots à dire dans un certain ordre en guise de talisman, et la cuillerée que j'ajoute toujours à la ration recommandée. Gros bébé = bébé vivant.

M'éloigner. Je prends de longues douches brûlantes. Je me recroqueville sous l'eau et fais fondre mon corps fatigué. Soudain, j'entends des pleurs, imaginaires.

Encore un coup de la femme-lézard.

Je cherche mes gestes. Je visionne des tutoriels sur internet, des vidéos amateurs, à la musique insipide et au lettrage nunuche. La plupart du temps, j'en ressors humiliée. Un bébé à tête d'épingle gobe un énorme sein, un autre reçoit un massage, souriant et détendu. Réceptif, dit la voix off. Rien des mouvements électriques des bras et des jambes, des geysers de pipi, rien de mon désarroi face à ce petit corps. Je le manipule avec douceur, ou plutôt je tords son bras le plus tendrement possible. Les paroles de *Cécile*, la chanson de Nougaro, me reviennent. « Que toujours on te touche comme moi maintenant. » La douceur d'un coton, la tiédeur d'une main, la lenteur d'un geste, ces micro-événements dont il ne se souviendra jamais et qui laissent forcément une trace.

C'est dans ces gestes anodins, répétés des milliers de fois, que s'imprime un message.

Que toujours ton corps compte.

Pour la première fois, je comprends ce que ça signifie, avoir les mains dans la merde d'un autre. Étrange comme on méprise ces gestes. Ce sont pourtant eux qui peuvent prendre ou rendre la dignité. Je pense à toutes ces femmes qui exécutent ces soins à la chaîne, dans l'indifférence totale. Qui torchent, soignent, et nourrissent les vieux et les malades. Peut-être passe-t-on notre vie à tenter d'oublier cette idée. Quoi qu'il arrive, notre corps commence et finit entre les mains des autres.

Arrivent alors les questions vertigineuses. Comment m'a-t-on touchée, moi ?

C'est la même fascination que lorsque petite fille j'observais une colonne de fourmis acheminer un corn-flake. Voir la vie se faire, guetter ses tentatives.

Avec le bébé, ma voix n'est pas la même. Il dispose d'une tonalité rien qu'à lui, une radio pirate qui l'inonde de chansons sucrées. Longtemps relégués dans un coin du cerveau, marionnettes, escargot et pirouette cacahuète font un retour triomphal. Il paraît qu'à notre insu, nous gardons en mémoire une centaine de comptines, un patrimoine où tremper les enfants, des meuniers endormis aussi improbables que des souris vertes. Moi qui ai toujours eu besoin d'alcool pour chanter en public, voilà que j'oublie de me regarder. Est-ce là que l'amour se tricote ? Je chante faux et le bébé est heureux. Il ne songe pas à se plaindre, ni à chercher une mère qui chanterait mieux, non, il affiche un aplomb sans faille.

Il me ressemble quand je visitais des appartements pour la première fois, et que toute à mon enthousiasme, je ne voyais pas les fissures, la plomberie douteuse et les infiltrations d'eau sous la couche de peinture fraîche. Le bébé ferme les yeux sur nos fêlures.

Pour une fois, je me sens du côté de la vie, sans le passé qui déborde et le futur qui inquiète. Son enchantement me contamine. Je prends le temps de regarder les ombres dessinées sur le mur, l'ondulation d'un drap qui sèche, je me réjouis connement de la descente d'un Père Noël depuis le beffroi. « La vraie joie n'a pas besoin de cause », affirment en chœur enfants et philosophes.

Ça m'allège de voir le monde avec les yeux du bébé. Il est un fulgurant remède au cynisme. Je finis par être moi-même contente de me rencontrer. Parfois, au détour d'un geste ou d'une odeur, j'ai la sensation ténue d'être rentrée chez moi, après avoir longtemps dérivé.

Pour l'instant, je parle encore de moi à la troisième personne. Je suis *maman* comme une plaisanterie, un malentendu jamais dissipé.

Dans les transports en commun, les yeux brillent, des gangs de mamies fondent sur nous, des personnes guindées se multiplient en grimaces. On peut obtenir un effet similaire avec un chiot ou un chaton, mais le bébé rafle tout.

Peu importe l'origine ou le milieu social, tout le monde brandit son carnet rose. Un bébé vient toujours de naître quelque part, imparable dénominateur commun.

Fini la femme brouillon, grâce à lui, j'ai droit à un capital sympathie d'emblée. On ne manque pas de souligner à quel point mon enfant est beau et éveillé, et je souris à mon tour, ravie d'une telle sagacité. S'ensuivent des microdiscussions passionnées sur le sommeil, les dents et le bain, qui m'effaraient il y a quelques mois à peine. Le bébé est un redoutable accélérateur de lien social. Il fait son entrée dans notre société de performance. Tous ses voyants sont au vert et je m'attribue ses progrès par capillarité. Il n'est que promesses, un doux baume sur mes propres ratés.

Le bébé n'est pas en reste. Il dévisage les gens avec avidité, noue d'intenses relations éphémères avec de parfaits inconnus. J'observe ce mélange de vulnérabilité et de haute compétence relationnelle. Évidemment, il s'agit d'une stratégie élémentaire de survie, ne pas être abandonné par le troupeau. Mais chacun s'arrange de ce malentendu et vient s'offrir un petit shoot de joie de vivre.

L'humanité commence avec un sourire, j'en suis témoin. À quel moment cette magie se perd-elle ? Quand est-ce qu'on s'use des autres ?

Certains traînent leurs vieilles souffrances et en font cadeau au bébé. Profites-en, lui lance une dame, après, c'est tellement dur…

Avec les non-parents, j'essaie de me taire. De me souvenir que cette expérience bouleversante est d'une banalité confondante pour les autres. Que certaines femmes souffrent de ces annonces de grossesse à répétition et des flopées de faire-part qui les rattrapent jusque chez elle.

Que d'autres, enfin, s'en foutent. Leur indifférence nous plonge le bébé et moi dans un état de quasi-sidération. J'invite une amie à une activité extraordinaire, un goûter avec deux autres mamans et nos petits de quelques semaines.

Super, non ? Super, dit-elle. Je viendrai la semaine d'après.

Les yeux bouffis, je contemple la photo sur le paquet de céréales. Un couple. Plateau, bouquet de fleurs, jus d'orange fraîchement pressé. Ils rient. Elle porte la chemise de l'homme. En langue marketing, ça veut dire qu'ils ont fait l'amour.

Qu'ont-ils fait de leur bébé ? Obscène, cette insouciance.

Moi, j'ai le cerveau bardé de post-it. Jamais je n'ai été si disponible à quelqu'un. Cette *maman* est d'une patience infinie. Il faut rassurer le bébé à coups de routine. Je vis au premier degré.

Maintenir un petit humain en vie demande une organisation incroyable.

Chaque sortie est une odyssée au terme de laquelle il manque toujours un mouchoir, tendu par une mère de trois enfants qui a enfilé à la petite dernière une jupe-culotte à pinces.

Pôle Emploi attribue des diplômes aux mères de famille nombreuse par le biais de ce qu'on appelle le transfert de compétences. C'est amplement justifié. Quant aux mères célibataires, il faudrait ériger des statues en leur honneur, quitte à déboulonner un ou deux militaires.

Fini le temps mort, le temps mou, pendant lequel la pensée s'étire et s'offre des surprises. Le bébé se faufile dans le moindre interstice. Pire, les activités en dehors de lui sont les interstices.

Je me dilue comme du lait en poudre. Je ne m'appartiens plus. J'ai besoin de sortir du corps, de stimuler mon intelligence. Sinon, comment tenir debout ? Je tente d'écouter une émission de radio avec le bébé, je tente de lire un roman avec le bébé. Ça ne marche jamais. Le bébé vortex aspire tout.

Je lui en veux. Et j'ai peur. Ma vie va-t-elle ressembler à un album de Petit Ours Brun ?

Larousse l'affirme, mère et bébé sont en fusion. Après tout, c'est bien de son ventre qu'il vient, non ? La mère est irremplaçable, et ça tombe bien, personne ne veut la remplacer. La société adule la femme-lézard, la hisse sur un piédestal pour mieux la faire taire.

Le père, quant à lui, fera son apparition au moment de « La grande aventure sociale ».

Ça me terrifie, cette histoire. J'y vois un complot contre les femmes. Une façon de les coincer avec le meilleur prétexte au monde : l'épanouissement de l'enfant. Les femmes devraient toujours se méfier quand on leur accorde un monopole.

Je veille. Ou plus honnêtement, je surveille. À la naissance du premier enfant, il n'est plus question de postures ou de théories, il est question de faire. Je compte les heures et montre les dents au moindre soupçon d'inégalité dans la répartition des tâches. Agressive, comme toutes les féministes.

J'ai vu tellement de femmes se faire avoir. Des couples soi-disant conscients, qui avaient réfléchi, qui avaient déconstruit. Peut-être cela se joue-t-il dans la torpeur des premières semaines ? Quand la femme joue à la maman, et l'homme au papa. Quand chacun trouve refuge dans les clichés auxquels il croyait avoir échappé. C'est lorsqu'on est fragile que la norme nous agrippe le mieux.

Une amie réalise soudain ce qu'il en coûtait à sa mère de les élever elle et ses frères, de les tenir propres et nourris, de préparer l'orangeade pour le retour de l'école. Comme lorsqu'on découvre que notre joli pull a été fabriqué par de jeunes Chinoises dans un sous-sol glauque. L'ouvrier-maman trime pour construire un quotidien qui va de soi.

Le travail gratuit et invisible des femmes, cette merveilleuse manne. Un sujet ringard qui n'intéresse personne, ni les hommes, ni les quelques femmes au pouvoir qui se gardent bien d'aborder des questions aussi mesquines. Pire encore, un sujet qu'on croit réglé. La société nous piège tout le temps avec les combats qu'elle s'imagine avoir gagnés.

Le plus surprenant, c'est que les mères de famille ne descendent pas dans la rue pour dénoncer cette arnaque. La seule fois où je les ai vues manifester, c'était justement pour protéger la sacro-sainte famille, un père, une mère, des repères. Que veulent-elles préserver au juste ?

Le père est une mère très acceptable. Le lien qu'il tisse avec le bébé me cause une immense joie. Il paraît que les rôles non sexués, ça fout en l'air les fondements de notre société. Tant mieux, on en créera d'autres.

Finalement, c'est peut-être une chance de ne pas avoir eu d'orangeade.

Je m'évertue à emmener le bébé à des rencontres littéraires et manque de l'étouffer chaque fois qu'il émet un couinement. J'aimerais le déposer à une consigne, le ranger dans une étagère, l'accrocher au portemanteau. Montrer aussi que malgré la créature scotchée à ma poitrine, mes kilos en trop et la poussette qui encombre le passage, je n'ai rien perdu de mon acuité. Certes, je n'ai rien lu depuis plusieurs semaines, et mon actualité est rythmée par les biberons. Mes livres sont abîmés, non parce que je les lis, mais parce que je les ouvre et les referme toutes les dix minutes, les corne à la va-vite, les pose tranche ouverte, les oublie dans un coin, marche dessus.

De toute façon, les gens me parlent davantage de mon bébé que de littérature. Je le prendrais presque mal. Croient-ils que je ne suis plus dans le coup ? Voudraient-ils me réduire à n'être qu'une *maman* ?

Je n'ai plus non plus ma place aux réunions militantes, peu compatibles avec la présence d'un tout-petit. Les jeunes mères de famille n'ont pas le droit de refaire le monde.

Je pense à cette femme politique, de retour à ses fonctions de ministre deux jours après son accouchement. J'y avais vu du mépris pour les femmes, j'y vois maintenant de l'angoisse.

Ne pas s'effacer.

La cartographie de la ville change, il me faut maintenant connaître les lieux équipés d'une table à langer. Il y en a très peu. Le message est clair, Reste à la maison, où vivent les femmes et les bébés en fusion. Me voilà condamnée aux cafés avec des boiseries, de la musique douce, des jus de fruits bio. C'est pratique, je peux y rencontrer d'autres *mamans*.

Le poète est formel, écriture et vie de famille sont incompatibles. Les contraintes domestiques ne conviennent pas à l'écrivain ivre de liberté. Je me braque, crie au cliché. Cite les écrivaines qui ont des enfants, liste incantatoire.

Je mélange nerveusement ma tasse de café.

Je me suis souvent moquée des écrivains qui se complaisent à détailler leurs rituels, la fenêtre face à la mer, la tasse en porcelaine héritée de la grand-mère, le bruit des pas sur le plancher, et autres clichés bourgeois.

Mais je ne peux pas nier que j'ai égaré mes propres rituels. Qu'ai-je fait de mon imaginaire ces derniers temps ? Il ne suffit plus que je m'enferme dans mon bureau. Il faut retrouver de l'espace à l'intérieur. Où prendre le temps de tâtonner ? Mon cerveau est colonisé. Même absent, le bébé m'accapare. La femme-lézard se fiche de la littérature.

La précarité me pèse soudain. J'ai des accès de conformisme. Je voudrais un canapé en cuir, des vêtements beiges, un métier normal. Je n'ai plus l'énergie de créer, je veux rentrer dans le rang, limer mes griffes, arrondir les ongles.

Vous êtes ce que j'ai fait de plus beau, nous disait ma mère. Mon frère et moi, deux petits îlots flottant dans sa détresse, son unique source de fierté. Je voudrais ne pas répéter cette phrase à mon enfant. Je refuse qu'il soit ma plus belle création. Pire, mon accomplissement.

Je m'enfuis au café du coin.

Là-bas, je suis une anomalie sociologique, mais on m'accueille gentiment.

Dans ce bruit blanc, où je ne dois consoler personne, où personne n'a besoin de moi, je parviens à écrire au prix de deux cafés.

Le temps est compté. À midi pile le patron pointera sa télécommande vers le petit écran pour regarder une émission de culture générale où des candidats répondent à des questions a, b, ou c, avant de s'auto-applaudir et de se dandiner au son du jingle sous une pluie de paillettes.

À chacun ses victoires.

J'enfile mes slips noirs comme un uniforme. Je suis saturée de mon corps. De ce ventre toujours gros mais vide, de mes seins traumatisés. Je veux bien le nourrir, le laver et l'habiller, mais qu'il ne demande pas une minute d'attention supplémentaire. Je ne sais pas quels vêtements porter. Ceux d'avant sont trop petits et remettre ceux de la grossesse est inconcevable.

Nous sommes devenus de super parents qui ne baisent plus.

Aucun élan ne nous pousse l'un vers l'autre. Au contraire, la promiscuité des dernières semaines nous asphyxie. Le bébé siphonne notre tendresse, on s'adresse l'un à l'autre comme deux vieux collègues exaspérés.

Les moments libres, c'est moi que j'essaie de retrouver. Comment désirer l'autre si je ne sais plus qui je suis ? Et puis n'est-il pas écœuré de mon corps, de mon sang, de mon lait ?

Quelque chose de vital se joue là, qui pourrait faire du sexe une anecdote.

Sur les réseaux sociaux, une starlette envoie un selfie quatre jours après son accouchement. Pose sexy, petite culotte, ventre ultra plat. Pas un corps de bobonne. Je la trouve pathétique de s'agripper ainsi à son statut d'objet sexuel, mais d'un autre côté je la comprends. C'est une façon de dire que son corps lui appartient, qu'elle baise encore, qu'elle est en vie.

Mon corps à moi est-il encore capable d'érotisme ?

J'achète une nuisette en satin rose, un truc de mauvais goût, pour jouer. L'antidote aux slips noirs.

Pour la première fois, il faut faire acte de volonté, comme un triste couple qui baise un samedi par mois. C'est la tête qui entraîne mon corps fatigué, l'invite à se souvenir. Lentement, loin des clichés qu'on aime tant nous vendre sur le désir qui foudroie.

J'ai peur de ne rien sentir, d'être comme usée. Mais je retrouve les sensations, la peau élastique, la chair qui répond. J'arrache mon corps au bébé.

Je décapite la mère parfaite qui menace en moi.

Des blogs, des articles, des livres paraissent, ils s'intitulent la *Mère indigne, Mauvaise mère, La Vérité sur le premier enfant*. Avec humour et mauvaise foi, des femmes disent la colère, l'ennui, le trash, et m'aident à respirer. Mais la mère parfaite est plus fourbe qu'on ne le croit. Comme dans n'importe quel film d'horreur, le monstre prend plusieurs visages et brouille les pistes. La mère parfaite niveau 1, rivée à sa cuisinière avec la maison et le bonheur conjugal comme seul horizon, c'est entendu, j'y ai échappé. Entre alors en scène la mère parfaite niveau 2, qui domestique toute sa créativité au profit de son enfant, qui est incollable sur le maternage naturel, qui cuisine des petits plats savoureux et équilibrés, qui a l'air libre mais qui a ruiné sa vie sociale. L'ennui avec ces nouveaux dogmes, c'est que si le père ne s'investit pas, la mère est ensevelie sous son bébé. Un peu comme sa propre grand-mère, sauf que celle-ci avait appris à n'avoir aucune ambition personnelle. Celle-ci, j'y échappe de justesse.

Surgit alors la mère parfaite niveau 3, celle qui parvient à tout gérer, à concilier — quel mot immonde, il n'y a que les femmes pour concilier — vie sociale, familiale, professionnelle, montre en main, dents serrées. Qui tente d'articuler dans un même discours la joie de rencontrer son enfant avec les bases élémentaires de lutte contre le patriarcat, et le tout avec très peu d'heures de sommeil. Est-ce que je lui ai bien réglé son compte, à celle-là ?

Le meilleur moyen d'éradiquer la mère parfaite, c'est de glandouiller. Le terme est important car il n'appelle à aucune espèce de réalisation, il est l'ennemi du mot concilier. Car si faire vœu d'inutilité est déjà courageux dans notre société, pour une mère, c'est la subversion absolue.

Le jour où je refuse d'accompagner père et bébé à un déjeuner dominical pour traîner en pyjama toute la journée, je sens que je tiens quelque chose.

Je remplis soigneusement le questionnaire. Tiède le biberon, des chansons pour l'endormir, le doudou s'appelle Olga.

Quand je quitte la garderie, le bébé ne pleure pas. Je suis soulagée et déçue. Il aurait pu se donner la peine de pousser un cri déchirant, quand même.

Une routine s'installe. Il porte désormais de vrais vêtements pour ne pas être le seul en pyjama comme un bébé au chômage longue durée. Quand c'est mon tour, je le dépose avec quelques minutes de retard et viens le chercher pile à l'heure, que tout le monde sache à quel point il est précieux. Que je l'aurais bien gardé avec moi, mais que malheureusement, je n'ai pas le choix.

Un matin, une petite fille plus âgée l'interpelle par son prénom, comme on le ferait avec un collègue devant la machine à café. Cet embryon de vie sociale me sidère.

Inutile de le nier, il grandit à vue d'œil. Sa peau va s'épaissir, il aura des pensées autonomes et des désirs qui m'échappent. Je l'imagine déjà passer en coup de vent, m'embrasser distraitement et me laisser son panier de linge sale.

Quel dommage. C'est tellement plus facile de l'aimer maintenant, de serrer contre moi son petit corps disponible, de l'appeler *mon* bébé, de rogner son identité en l'affublant de surnoms ridicules.

Comme ces remèdes qui deviennent poison passé un certain dosage, mon amour pourrait se révéler toxique.

J'exhorte la femme-lézard à enfiler des vêtements qui lui vont, coiffer sa crête, cacher ses écailles.

Je rends grâce aux commandes, aux impératifs et aux agendas qui m'aident à sortir du ventre. J'évolue de nouveau dans des milieux où ma fonction maternelle ne suffit pas à gagner la reconnaissance des autres. Je pense beaucoup à la peau du bébé et à l'odeur du bébé. Je dois terriblement lui manquer. Au cours d'un atelier d'écriture, je me raisonne pour ne pas montrer aux participants les deux cent quatre-vingt-sept photos que j'ai de lui.

Je m'entends désormais dire, Je dois aller chercher mon fils, d'un air impérieux. Il y a les feux rouges, les horaires de la boulangerie, les passages cloutés, et moi qui vais chercher mon fils. Que la mer s'ouvre, je vais à la garderie. Grâce à lui, les choses sont claires au moins une fois par jour.

Chez ma mère, je m'immerge peu de temps, je manquerai bientôt d'air.

Je donne des nouvelles du bébé, du travail, de la maison, épuisée de simuler tant de normalité.

J'essaie de sourire, de me concentrer sur le présent. Je veux lui donner un peu de la magie du bébé, vivre avec elle le happy end d'un scénario mal embarqué.

Il paraît que lorsqu'on a des enfants, on pardonne à ses propres parents. C'est faux. Je lui en veux encore plus. Chaque fois que je donne, je me souviens que j'ai manqué. J'aimerais faire preuve de grandeur d'âme, mais c'est la colère qui gagne. Celle qu'il a fallu ravaler toute mon enfance, de voir ma mère me préférer sa souffrance. Clignoter un jour et s'éteindre le lendemain.

Nos rencontres puent le manque. Ma mère lui offre des peluches par dizaines. Nous ne pouvons jamais les emporter toutes. Elles restent là, dans un carton du salon.

Dans ce mouroir à peluches, je me tiens raide. Incapable du moindre contact physique avec ma mère.

Est-ce que la colère peut faire lien ? Une mauvaise mère, c'est encore une mère. Un dernier tour d'honneur que je lui offre. Moins terrifiant que d'admettre qu'elle est malade et que ses négligences ne s'adressent plus à moi depuis longtemps.

Mes identités se disputent.

Je me surprends parfois à jouer la Mère, à contribuer à cette escroquerie.

Profiter de la maternité pour passer mes désirs à la trappe, laisser le couple et la famille tracer mes contours, autoriser les autres à circuler en moi et ne fermer aucune porte. Ne plus vivre l'angoisse d'être libre, comme c'est tentant. Profiter aussi de cette magnifique opportunité d'exercer mon pouvoir sur quelqu'un. Le cribler de dettes, du cadeau de Noël au nez mouché. Régenter, contrôler, prévenir les besoins du bébé, le combler.

L'instant d'après, warning. Une manifestation féministe déferle dans ma tête.

Des banderoles brandissent des slogans. Émancipation. Statistiques. Fantasmes de Scandinavie.

Je me sens piégée, le bébé m'encombre soudain. J'accuse le père de ne pas en faire assez, puis le soupçonne de vouloir me piquer ma place de Mère.

Je jalouse son statut de père moderne. Il n'est pas écrasé par deux mille ans d'histoire, lui. Son dévouement soulève l'enthousiasme des foules, tandis que je ne fais qu'obéir à mon instinct.

Mais c'est de moi que je me méfie le plus. Cet empressement à plier des petits pyjamas, à me croire indispensable, à me sentir coupable comme n'importe quelle bonne femme. Qu'est-ce qui m'arrive ?

Ce n'est pas le bébé qui m'épuise, mais cette façon de me redéfinir constamment. Sans nuance.

Vous allez bien ? me demande la jeune sage-femme.

Je vais bien, dis-je, déjà en colère de répondre si vite à une question si difficile.

Je vous laisse choisir une couleur, dit-elle en désignant un pot de feutres. Médusée, je lui en tends un au hasard. Et puisque j'ai dit que j'allais bien, elle dessine un petit soleil dans la case du jour. J'ai le cerveau qui bouillonne et on me répond en pictogramme.

Tu te rends compte ? Elle n'a même pas d'enfant, en plus ! dis-je plus tard à une amie. Celle-ci me fait remarquer que je n'aurais pas pensé à le reprocher à un médecin de soixante ans. Elle a raison, il faut que je me surveille. Voilà que je brandis la maternité comme un trophée.

C'est la première question qu'on me pose, comme une urgence. Fille ou garçon ?

Les layettes servent à l'étiquetage des enfants. Du rose ou du bleu, des voitures ou des fleurs, du vif ou du pastel. Aussi caricatural que ça. Même lorsque je cherche une affiche pour décorer sa chambre, on m'interroge sur le sexe du bébé. Filles et garçons n'ont pas le même beau.

Effarement au rayon jouets. Construction pour les garçons, imitation pour les filles. Un petit caddie à commissions rose avec l'inscription « Petite Fée ». Cet objet existe.

Derrière chaque papillon et chaque voiture plane une menace. Des ordres déguisés en jouets.

Hors de question que les enfants s'inventent eux-mêmes. Que chacun se range dans son genre, interdit de jouer à la fille ou au garçon, ou pire encore, de laisser planer l'ambiguïté. Ça enrage. Tous les jours des gens se font péter la gueule dans la rue, pour avoir joué à ce jeu-là.

Heureusement que je n'ai pas eu de petite fille. Elle aurait vu sa mère tenter de brûler un caddie, se faire empoigner par des vigiles et emmener au poste. J'en aurais fait une petite guerrière, l'aurais obligée à porter un sabre avec sa tenue de princesse.

Tout m'agace. Ces gamines à qui on demande de contrôler leurs mouvements, réajuster leurs jupes, ravaler leur corps. Ces hommes qui leur réclament des bisous, ces plaisanteries sur les filles qui disent non quand c'est oui.

Pour les générations à venir, on aurait pu ouvrir la fenêtre, aérer l'avenir, laisser entrer l'air et la lumière. Mais c'est l'inverse qui se produit.

On se recroqueville sur le territoire de l'enfance. Le dernier bastion.

On parle de déforestation, de menace sur la biodiversité. Quel mot pour la dévastation de l'imaginaire des petits garçons et des petites filles ?

Des mois qu'on entre à pas de loup dans notre chambre. Qu'on se met en sourdine.

On pourrait rester comme ça. Brader notre intimité, ne plus chercher à nous distinguer les uns des autres. En meute. En tas. En famille.

Mais nous reprenons notre territoire.

Lui annoncer, préparer sa chambre, son endroit sans nous. C'est la première fois qu'on l'abandonne. Dans la pénombre, je le berce longuement.

Chaque fois, sentir le bébé s'endormir dans mes bras m'enchante et me terrasse. Est-ce que ça va aller ? Ma maison est-elle en paille, en bois ou en briques ?

Je veux que ça tienne debout, que ça continue, qu'on s'ennuie, même. Ici règne une petite dictature du bonheur.

Chut, lui dis-je chaque fois qu'il pleure. Mais non, tu ne souffres pas. J'ai besoin qu'il me rassure. Ses sanglots m'accusent, désignent ma faille. Quand je ne parviens pas à le consoler, j'ai envie de le frapper. Je comprends les femmes qui dérapent, les violentes. Les pleurs du bébé déterrent des souffrances enfouies à l'état brut.

Il s'est endormi depuis longtemps, pas angoissé pour un sou. J'ai du mal à quitter sa chambre, à le laisser seul. C'est peut-être ça, être mère. Consoler le bébé de ses propres chagrins.

Les fabricants de vêtements le savent bien. I am happy, proclame son sous-pull.

L'homme sur l'estrade parle de parentalité positive. Ça fait envie. Accoler les deux termes témoigne déjà d'une belle ambition. Le parent positif est conscient de ses blessures d'enfance, soutient les potentialités de son enfant et s'inscrit dans la non-violence. C'est tout à fait moi, ça. Mieux encore, le parent positif se propose d'aider les autres, ceux qui n'ont lu aucun ouvrage de pédagogie, qui gavent leurs enfants de télé et leur mettent des torgnoles.

Il y a quelque temps, une liste des 10 choses à ne surtout pas dire à son enfant circulait sur les réseaux sociaux. J'ai appris que lorsque les besoins relationnels de l'enfant ne sont pas satisfaits, cela malmène ses circuits cérébraux, provoque une détresse du système nerveux et inonde son corps d'hormones de stress. Je me vois déjà, après une journée pourrie, me retourner toute la nuit dans mon lit parce que j'ai dit, Tu m'énerves (phrase n° 8) à l'enfant.

L'homme parle, le malaise grandit.

Cette bien-pensance m'écœure soudain. Elle me fait penser aux gens qui se jettent sur vous dans la rue, Bah alors, il faut sourire, hein ! Cette positive attitude qui condamne les tristes, et permet de camoufler sa crasse derrière des discours tout faits. Je n'ai pas assassiné la mère parfaite pour en arriver là.

Je lève la main pour prendre la parole. Je voudrais m'expliquer posément, comme la femme puissante et calme que je rêve d'être dans ces moments-là. Mais mon cœur cogne beaucoup trop fort dans ma poitrine, les mots se bousculent, j'ai l'air d'une cinglée qui agresse l'intervenant.

Je ressens l'urgence de défendre mes contradictions, ma peur de ne pas suffire, ma propre violence qui ne se réglera pas à coups de liste. Et ma mère aussi, car les discours moralisants pulvérisent les femmes comme elles, les délétères. D'ailleurs tous ces gens confortablement assis dans leurs fauteuils, si certains d'être du bon côté, si satisfaits d'eux-mêmes, où étaient-ils quand on souffrait à la maison et qu'on avait besoin d'aide ? Tout se mélange, s'embrouille et se superpose dans un étrange mouvement de calque. Je suis débordée par l'émotion, et n'ai que la rage pour tenir debout.

Je lis le verdict dans les yeux du public. La pauvre, elle n'a rien compris à la non-violence.

C'est une mauvaise plaisanterie.

On est passés de l'autre côté du miroir et il ne se passe rien. Toujours pas de certitudes.

Quand on pense au pouvoir qu'on accordait à nos propres parents, on balance entre rire et rage.

Sa soif de grandir nous déroute. Ça s'éduque vraiment un enfant ?

On ne sait pas s'il faut l'habituer à un monde injuste, ou construire une humanité nouvelle en commençant par lui. Nous avons l'amour, la musique et les livres à lui offrir. Et selon les jours, ça semble rempart ou dérisoire.

Peut-être, tout simplement, on espère qu'il ne sera pas déçu.

Parfois, nous osons dire non au bébé, avec l'idée que la frustration doit s'apprendre tôt, et en famille. À chaque fois que ce mot claque dans l'air, une onde de choc traverse le corps du bébé, il se raidit et pousse un cri primitif.

Alors je quitte ma posture d'autorité et à ses côtés, je constate avec lui la dureté de ce monde bardé de non. Je sais, dis-je. C'est terrible, une limite.

Est-ce la peau nue des enfants, le bruit de l'eau, les miettes de sandwich ?

Au bord de cette rivière, me reviennent des paysages oubliés. Je joue la chercheuse d'or, passe l'enfance au tamis et déniche les pépites. Je veux garder ce qui vibre, ce qui brille. Me souvenir de ma mère moins le chagrin. Soustraire le désastre. Transmettre la folie, d'accord, mais de celle qui éclabousse, qui irradie. Voilà ce que le bébé m'oblige à faire.

C'est rare quand la joie attrape.

Je voudrais connaître un moyen de garder ces moments-là. Les consigner, me souvenir du goût qu'ils ont, les épingler comme papillon.

Est-ce que le bonheur est une déclaration d'intention ?

Est-il possible d'arrêter de se refiler la souffrance comme mistigri ?

J'y pense chaque fois que le bébé danse. Il bouge comme avant que les autres façonnent nos gestes, nous polissent. Il faudrait ne jamais perdre cette façon de danser.

Entraîner dans le mouvement la gosse qui n'a pas les mots, l'ado blessée, la femme-lézard, la féministe, l'écrivaine et la demi-mère. Une danse qui bégaie, qui tiraille.

Je suis encore une femme brouillon. C'est parfait. Je ne suis décidée par rien, mais rien ne me décide.

Je ramasse les coquilles d'œuf, les miettes de pain, le papier aluminium. Je range tout ça dans les sacs.

On peut y aller.

REMERCIEMENTS

Je remercie ma sœur Louise, Law, Fanny, Chantal, Héléna, Juliette, Sarah, Mélina, Édith, Sophie et Martin pour la force et la joie.

Je remercie Marie Ginet, Samira El Ayachi, Olivia Profizi, Fanny Chiarello et Carole Fives auprès de qui cette aventure a commencé.

Je remercie l'équipe de La Contre Allée.

Amandine Dhée

DU MÊME AUTEUR

Aux Éditions La Contre Allée

DU BULGOM ET DES HOMMES, *roman*, 2010.

ÇA NOUS APPRENDRA À NAÎTRE DANS LE NORD, avec Carole Fives, *roman*, 2011.

ET PUIS ÇA FAIT BÊTE D'ÊTRE TRISTE EN MAILLOT DE BAIN, *roman*, 2013.

TANT DE PLACE DANS LE CIEL. Escapade dans les villages de Mons, *récit de voyage*, 2015.

LA FEMME BROUILLON, *roman*, 2017 (Folio n° 6557). Prix Hors Concours.

LES SAPROPHYTES. Urbanisme vivant, *entretien*, 2017.

COLLECTION FOLIO

Dernières parutions

6659. Étienne de Montety	*L'amant noir*
6660. Franz-Olivier Giesbert	*Belle d'amour*
6661. Jens Christian Grøndahl	*Quelle n'est pas ma joie*
6662. Thomas Gunzig	*La vie sauvage*
6663. Fabrice Humbert	*Comment vivre en héros ?*
6664. Angela Huth	*Valse-hésitation*
6665. Claudio Magris	*Classé sans suite*
6666. János Székely	*L'enfant du Danube*
6667. Mario Vargas Llosa	*Aux Cinq Rues, Lima*
6668. Alexandre Dumas	*Les Quarante-Cinq*
6669. Jean-Philippe Blondel	*La mise à nu*
6670. Ryôkan	*Ô pruniers en fleur*
6671. Philippe Djian	*À l'aube*
6672. Régis Jauffret	*Microfictions II. 2018*
6673. Maylis de Kerangal	*Un chemin de tables*
6674. Ludmila Oulitskaïa	*L'échelle de Jacob*
6675. Marc Pautrel	*La vie princière*
6676. Jean-Christophe Rufin	*Le suspendu de Conakry. Les énigmes d'Aurel le Consul*
6677. Isabelle Sorente	*180 jours*
6678. Victor Hugo	*Les Contemplations*
6679. Michel de Montaigne	*Des Cannibales / Des coches*
6680. Christian Bobin	*Un bruit de balançoire*
6681. Élisabeth de Fontenay et Alain Finkielkraut	*En terrain miné*
6682. Philippe Forest	*L'oubli*
6683. Nicola Lagioia	*La Féroce*
6684. Javier Marías	*Si rude soit le début*

6685. Javier Marías — *Mauvaise nature.* Nouvelles complètes
6686. Patrick Modiano — *Souvenirs dormants*
6687. Arto Paasilinna — *Un éléphant, ça danse énormément*
6688. Guillaume Poix — *Les fils conducteurs*
6689. Éric Reinhardt — *La chambre des époux*
6690. Éric Reinhardt — *Cendrillon*
6691. Jean-Marie Rouart — *La vérité sur la comtesse Berdaiev*
6692. Jón Kalman Stefánsson — *Ásta*
6693. Corinne Atlan — *Petit éloge des brumes*
6694. Ludmila Oulitskaïa — *La soupe d'orge perlé* et autres nouvelles
6695. Stefan Zweig — *Les Deux Sœurs* précédé d'*Une histoire au crépuscule*
6696. Ésope — *Fables* précédées de la *Vie d'Ésope*
6697. Jack London — *L'Appel de la forêt*
6698. Pierre Assouline — *Retour à Séfarad*
6699. Nathalie Azoulai — *Les spectateurs*
6700. Arno Bertina — *Des châteaux qui brûlent*
6701. Pierre Bordage — *Tout sur le zéro*
6702. Catherine Cusset — *Vie de David Hockney*
6703. Dave Eggers — *Une œuvre déchirante d'un génie renversant*
6704. Nicolas Fargues — *Je ne suis pas une héroïne*
6705. Timothée de Fombelle — *Neverland*
6706. Jérôme Garcin — *Le syndrome de Garcin*
6707. Jonathan Littell — *Les récits de Fata Morgana*
6708. Jonathan Littell — *Une vieille histoire.* Nouvelle version
6709. Herta Müller — *Le renard était déjà le chasseur*
6710. Arundhati Roy — *Le Ministère du Bonheur Suprême*
6711. Baltasar Gracian — *L'Art de vivre avec élégance.*

		Cent maximes de L'Homme de cour
6712.	James Baldwin	*L'homme qui meurt*
6713.	Pierre Bergounioux	*Le premier mot*
6714.	Tahar Ben Jelloun	*La punition*
6715.	John Dos Passos	*Le 42e parallèle. U.S.A. I*
6716.	John Dos Passos	*1919. U.S.A. II*
6717.	John Dos Passos	*La grosse galette. U.S.A. III*
6718.	Bruno Fuligni	*Dans les archives inédites du ministère de l'Intérieur. Un siècle de secrets d'État (1870-1945)*
6719.	André Gide	*Correspondance. 1888-1951*
6720.	Philippe Le Guillou	*La route de la mer*
6721.	Philippe Le Guillou	*Le roi dort*
6722.	Jean-Noël Pancrazi	*Je voulais leur dire mon amour*
6723.	Maria Pourchet	*Champion*
6724.	Jean Rolin	*Le traquet kurde*
6725.	Pénélope Bagieu	*Culottées Livre II-partie 1*
6726.	Pénélope Bagieu	*Culottées Livre II-partie 2*
6727.	Marcel Proust	*Vacances de Pâques* et autres chroniques
6728.	Jane Austen	*Amour et amitié*
6729.	Collectif	*Scènes de lecture. De saint Augustin à Proust*
6730.	Christophe Boltanski	*Le guetteur*
6731.	Albert Camus et Maria Casarès	*Correspondance. 1944-1959*
6732.	Albert Camus et Louis Guilloux	*Correspondance. 1945-1959*
6733.	Ousmane Diarra	*La route des clameurs*
6734.	Eugène Ébodé	*La transmission*
6735.	Éric Fottorino	*Dix-sept ans*
6736.	Hélène Gestern	*Un vertige* suivi de *La séparation*
6737.	Jean Hatzfeld	*Deux mètres dix*
6738.	Philippe Lançon	*Le lambeau*

6739.	Zadie Smith	*Swing Time*
6740.	Serge Toubiana	*Les bouées jaunes*
6741.	C. E. Morgan	*Le sport des rois*
6742.	Marguerite Yourcenar	*Les Songes et les Sorts*
6743.	Les sœurs Brontë	*Autolouange* et autres poèmes
6744.	F. Scott Fitzgerald	*Le diamant gros comme le Ritz*
6745.	Nicolas Gogol	*2 nouvelles de Pétersbourg*
6746.	Eugène Dabit	*Fauteuils réservés* et autres contes
6747.	Jules Verne	*Cinq semaines en ballon*
6748.	Henry James	*La Princesse Casamassima*
6749.	Claire Castillon	*Ma grande*
6750.	Fabrice Caro	*Le discours*
6751.	Julian Barnes	*La seule histoire*
6752.	Guy Boley	*Quand Dieu boxait en amateur*
6753.	Laurence Cossé	*Nuit sur la neige*
6754.	Élisabeth de Fontenay	*Gaspard de la nuit*
6755.	Elena Ferrante	*L'amour harcelant*
6756.	Franz-Olivier Giesbert	*La dernière fois que j'ai rencontré Dieu*
6757.	Paul Greveillac	*Maîtres et esclaves*
6758.	Stefan Hertmans	*Le cœur converti*
6759.	Anaïs LLobet	*Des hommes couleur de ciel*
6760.	Juliana Léveillé-Trudel	*Nirliit*
6761.	Mathieu Riboulet	*Le corps des anges*
6762.	Simone de Beauvoir	*Pyrrhus et Cinéas*
6763.	Dōgen	*La présence au monde*
6764.	Virginia Woolf	*Un lieu à soi*
6765.	Benoît Duteurtre	*En marche !*
6766.	François Bégaudeau	*En guerre*
6767.	Anne-Laure Bondoux	*L'aube sera grandiose*
6768.	Didier Daeninckx	*Artana ! Artana !*
6769.	Jachy Durand	*Les recettes de la vie*
6770.	Laura Kasischke	*En un monde parfait*
6771.	Maylis de Kerangal	*Un monde à portée de main*
6772.	Nathalie Kuperman	*Je suis le genre de fille*
6773.	Jean-Marie Laclavetine	*Une amie de la famille*

6774.	Alice McDermott	*La neuvième heure*
6775.	Ota Pavel	*Comment j'ai rencontré les poissons*
6776.	Ryoko Sekiguchi	*Nagori. La nostalgie de la saison qui vient de nous quitter*
6777.	Philippe Sollers	*Le Nouveau*
6778.	Annie Ernaux	*Hôtel Casanova* et autres textes brefs
6779.	Victor Hugo	*Les Fleurs*
6780.	Collectif	*Notre-Dame des écrivains. Raconter et rêver la cathédrale du Moyen Âge à demain*
6781.	Carole Fives	*Tenir jusqu'à l'aube*
6782.	Esi Edugyan	*Washington Black*
6783.	J.M.G. Le Clézio	*Alma*. À paraître
6784.	Emmanuelle Bayamack-Tam	*Arcadie*
6785.	Pierre Guyotat	*Idiotie*
6786.	François Garde	*Marcher à Kerguelen*. À paraître
6787.	Cédric Gras	*Saisons du voyage*. À paraître
6788.	Paolo Rumiz	*La légende des montagnes qui naviguent*. À paraître
6789.	Jean-Paul Kauffmann	*Venise à double tour*
6790.	Kim Leine	*Les prophètes du fjord de l'Éternité*
6791.	Jean-Christophe Rufin	*Les sept mariages d'Edgar et Ludmilla*
6792.	Boualem Sansal	*Le train d'Erlingen ou La métamorphose de Dieu*
6793.	Lou Andreas-Salomé	*Ce qui découle du fait que ce n'est pas la femme qui a tué le père* et autres textes psychanalytiques
6794.	Sénèque	*De la vie heureuse* précédé de *De la brièveté de la vie*
6795.	Famille Brontë	*Lettres choisies*
6796.	Stéphanie Bodet	*À la verticale de soi*

6797. Guy de Maupassant — *Les Dimanches d'un bourgeois de Paris* et autres nouvelles
6798. Chimamanda Ngozi Adichie — *Nous sommes tous des féministes* suivi du *Danger de l'histoire unique*
6799. Antoine Bello — *Scherbius (et moi)*
6800. David Foenkinos — *Deux sœurs*
6801. Sophie Chauveau — *Picasso, le Minotaure. 1881-1973*
6802. Abubakar Adam Ibrahim — *La saison des fleurs de flamme*
6803. Pierre Jourde — *Le voyage du canapé-lit*
6804. Karl Ove Knausgaard — *Comme il pleut sur la ville. Mon combat - Livre V*
6805. Sarah Marty — *Soixante jours*
6806. Guillaume Meurice — *Cosme*
6807. Mona Ozouf — *L'autre George. À la rencontre de l'autre George Eliot*
6808. Laurine Roux — *Une immense sensation de calme*
6809. Roberto Saviano — *Piranhas*
6810. Roberto Saviano — *Baiser féroce*
6811. Patti Smith — *Dévotion*
6812. Ray Bradbury — *La fusée* et autres nouvelles
6813. Albert Cossery — *Les affamés ne rêvent que de pain*
6814. Georges Rodenbach — *Bruges-la-Morte*
6815. Margaret Mitchell — *Autant en emporte le vent I*
6816. Margaret Mitchell — *Autant en emporte le vent II*
6817. George Eliot — *Felix Holt, le radical.* À paraître
6818. Goethe — *Les Années de voyage de Wilhelm Meister*
6819. Meryem Alaoui — *La vérité sort de la bouche du cheval*
6820. Unamuno — *Contes*
6821. Leïla Bouherrafa — *La dédicace*. À paraître

6822. Philippe Djian — *Les inéquitables*
6823. Carlos Fuentes — *La frontière de verre.* Roman en neuf récits
6824. Carlos Fuentes — *Les années avec Laura Díaz.* Nouvelle édition augmentée
6825. Paula Jacques — *Plutôt la fin du monde qu'une écorchure à mon doigt.* À paraître
6826. Pascal Quignard — *L'enfant d'Ingolstadt. Dernier royaume X*
6827. Raphaël Rupert — *Anatomie de l'amant de ma femme*
6828. Bernhard Schlink — *Olga*
6829. Marie Sizun — *Les sœurs aux yeux bleus*
6830. Graham Swift — *De l'Angleterre et des Anglais*
6831. Alexandre Dumas — *Le Comte de Monte-Cristo*
6832. Villon — *Œuvres complètes*
6833. Vénus Khoury-Ghata — *Marina Tsvétaïéva, mourir à Elabouga*
6834. Élisa Shua Dusapin — *Les billes du Pachinko*
6835. Yannick Haenel — *La solitude Caravage*
6836. Alexis Jenni — *Féroces infirmes*
6837. Isabelle Mayault — *Une longue nuit mexicaine*
6838. Scholastique Mukasonga — *Un si beau diplôme !*
6839. Jean d'Ormesson — *Et moi, je vis toujours*
6840. Orhan Pamuk — *La femme aux cheveux roux*
6841. Joseph Ponthus — *À la ligne. Feuillets d'usine*
6842. Ron Rash — *Un silence brutal*
6843. Ron Rash — *Serena*
6844. Bénédicte Belpois — *Suiza*
6845. Erri De Luca — *Le tour de l'oie*
6846. Arthur H — *Fugues*
6847. Francesca Melandri — *Tous, sauf moi*
6848. Eshkol Nevo — *Trois étages*
6849. Daniel Pennac — *Mon frère*
6850. Maria Pourchet — *Les impatients*

Composition Nord Compo
Impression Novoprint
à Barcelone, le 20 septembre 2021
Dépôt légal : septembre 2021
1er dépôt légal dans la collection : octobre 2018
ISBN 978-2-07-274344-3./Imprimé en Espagne.

401180